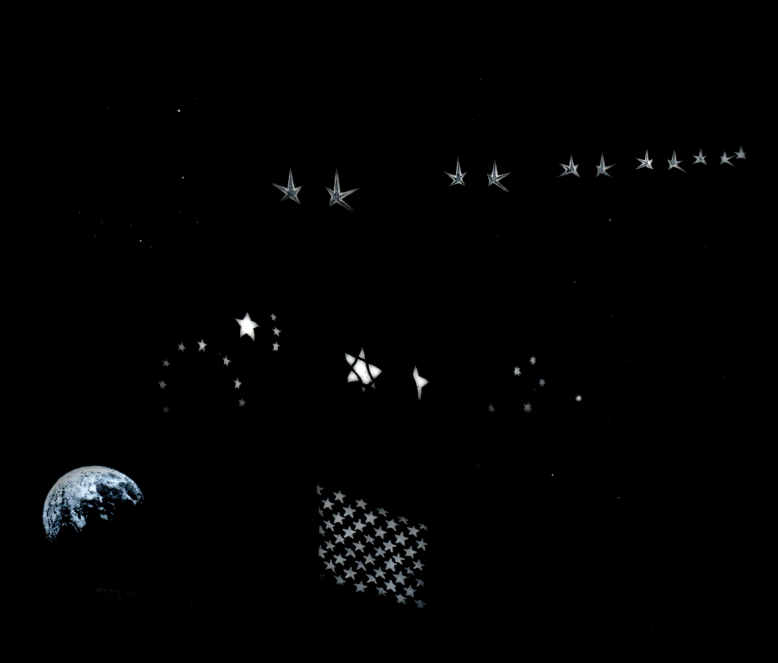

Brüssel, 31. Dezember 1999

Mein Name ist Eva Stern, ich wurde mit diesem Jahrhundert geboren und werde ganz sicher auch mit ihm sterben. Ich kannte Freud, habe Stalin und Gandhi getroffen, Allen Ginsberg, Simone de Beauvoir und den Rolling Stones gelauscht, habe manche geliebt, andere verachtet, habe geweint, gehasst, gehofft, verlassen, verraten. In einem Wort: Ich habe das XX. Jahrhundert erlebt...
Was kann ich noch sagen? Mit 98 Jahren werden die Worte rar und es verbleiben nur wenige Eindrücke, einige Fotos, meist ohne erklärende Worte... »Avec le temps va, tous s'en va«, sang Leo Ferré, mit der Zeit vergeht alles...
Mit der Zeit wird es unmöglich, meine Erinnerungen zu beurteilen, sie zu beweisen oder einfach nur zu kommentieren... Zudem hat es mich nie begeistert, meine Geschichte zu erzählen, ich bin Psychoanalytikerin, mein Leben bestand immer darin, dem Leben anderer zuzuhören...

Yslaire
Der XX. Himmel

http://www.xxhimmel.de/erinnerungen99

Carlsen Comics

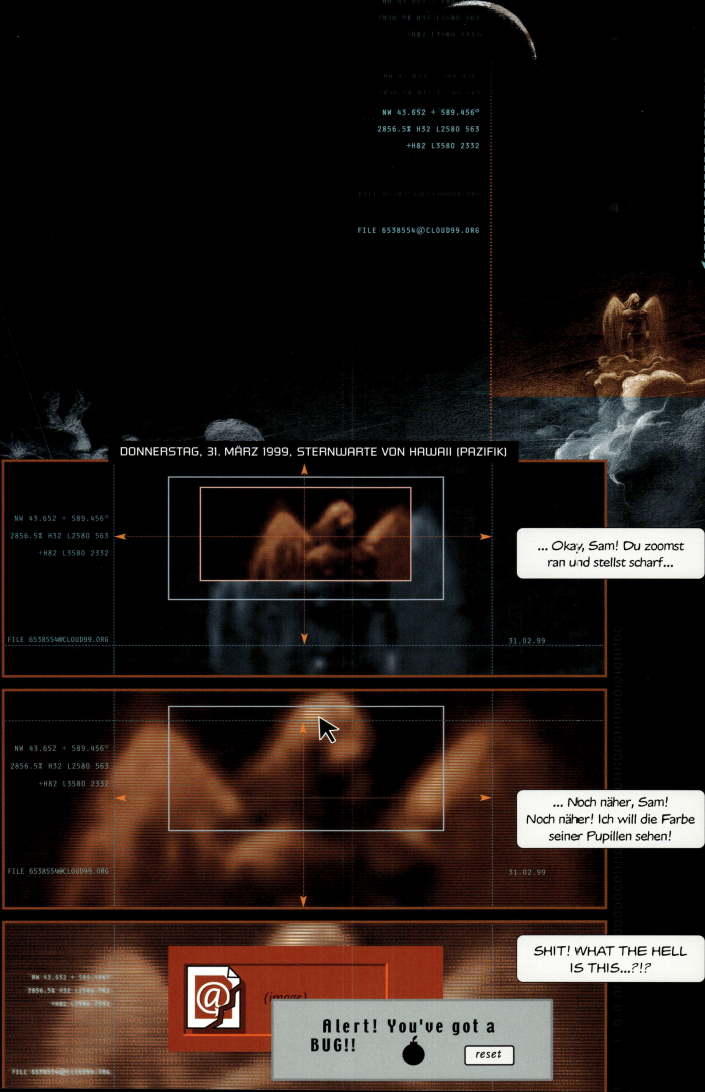

Tucson hat's bestätigt, Nat. Es kommt weder von einem unserer Satelliten noch von den Russen... Gott weiß, wer versucht, uns eine Nachricht zu übermitteln... Er wird anonym bleiben...! Neues Bild, Nat...

April 1st 1999   e-mail from Nathan Uriel to Raphael <wergifuess@nasa.org

Sternwarte von Hawaii. Bericht vom 1. April 1999 an Raphael von Wergifüss<wergifuess@nasa.org

Hi, Raph! Sag mir, dass ich geträumt habe! Heute Morgen hat der Zentralcomputer der Sternwarte ein Parasitenfunksignal aus kurzer Distanz registriert. Die Umwandlung der Bilddaten ergab ganz klar das Satellitenfoto eines Engels, der in der Stratosphäre über die Wolken läuft. Da wir den 1. April haben, vermutete ich zunächst, dieser Aprilscherz käme von einer alten, nostalgischen Astrophysikerin, die verrückt genug sei, einige ihrer Jugendfotos über Satellitenverbindung zu verschicken... Bis dann der Zentralcomputer die Präsenz eines »Alien« an dem verzeichneten Ort bestätigte. In dem Augenblick, als ich heranzoomte, um ihn zu lokalisieren, hatten wir einen Bug... Sag mal, erinnert dich das nicht an das Lied von Gaby, »Angel Walking on Cloud 99«...? Und die Apollo18-Mission...? Apropos, gibt es immer noch keine Neuigkeiten von Frank Stern? Glaubst du, er ist tot? Nat.

April 2nd 1999 From Raphael von Wergifüss to nathan.uriel@xxciel.com

Orlando, April 2nd 1999. *Sorry, Nat. Ich bin in Urlaub und verstehe nicht, wovon du sprichst. Übrigens, Apollo 18 ist eine Mission, die niemals existiert hat. Was Frank betrifft, so ist seine Schwester wohl die Einzige, die deine Frage beantworten kann. Wenn sie noch lebt...   Keep in touch. <wergifuess@nasa.org*

April 5th 1999 e-mail from Nathan Uriel to Raphael <wergifuess@nasa.org>

Sternwarte von Hawaii. Bericht vom 5. April 1999 an Raphael von Wergifüss.
Hi Raph! Sorry für meine Hartnäckigkeit, aber wenn du diese Datei öffnest, wirst du verstehen, in welchem Maße sie uns alle betrifft. Ich habe alle vom Satelliten erhaltenen Fotos zusammengestellt, so wie viele Teile eines Puzzles... Und das Ergebnis ist einfach unglaublich! Es ist ein wenig unsere Geschichte...

(image)

date 31.03.99 from @nonymous to Nathan Uriel

Es beginnt mit einem (schlechten) Foto von mir, aus der Zeit unserer Jugend... Darüber liegen noch andere, viel ältere... (Entschuldige die schlechte Auflösung, aber du weißt ja, wie heikel die Konvertierung in Pixel aus dieser veralteten Cobol-Programmiersprache ist...)

... Auf der zweiten Einstellung erkennt man meinen Vater bei seiner Ankunft in Auschwitz...

... Und parallel dazu das einzige Foto deines Vaters in Deutschland, 1944, zu der Zeit, als er mit von Braun an der V2 arbeitete...

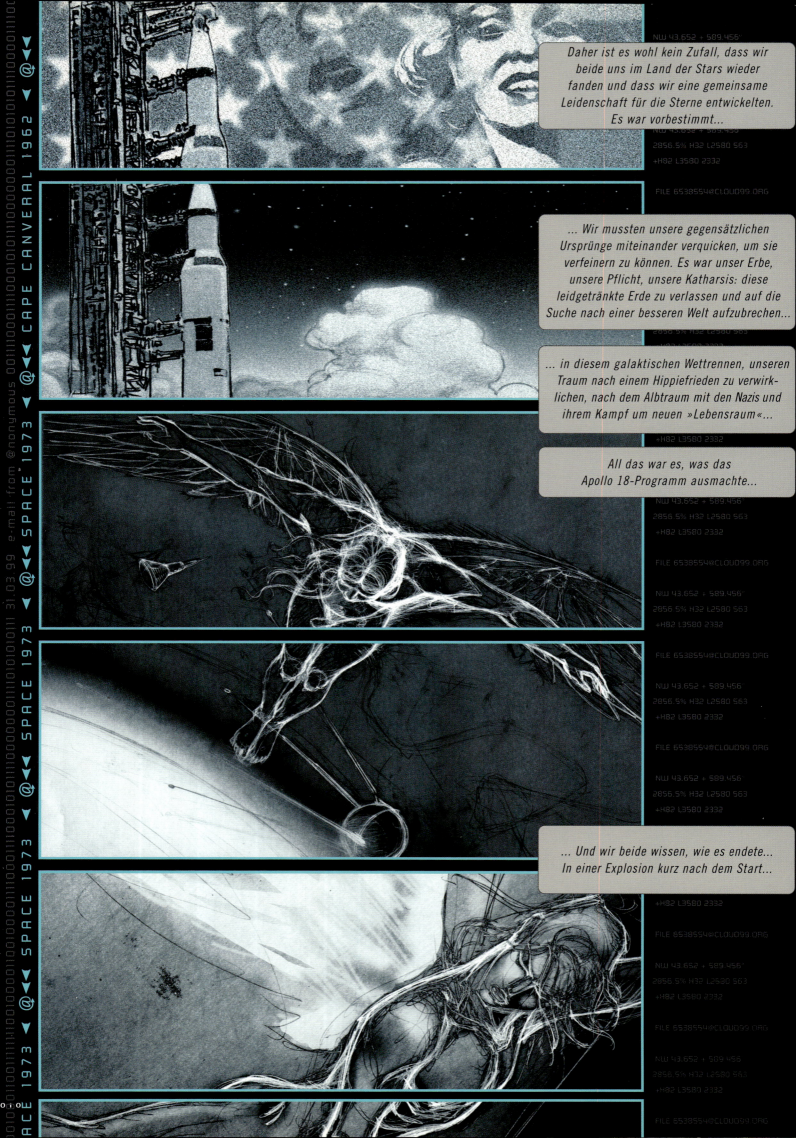

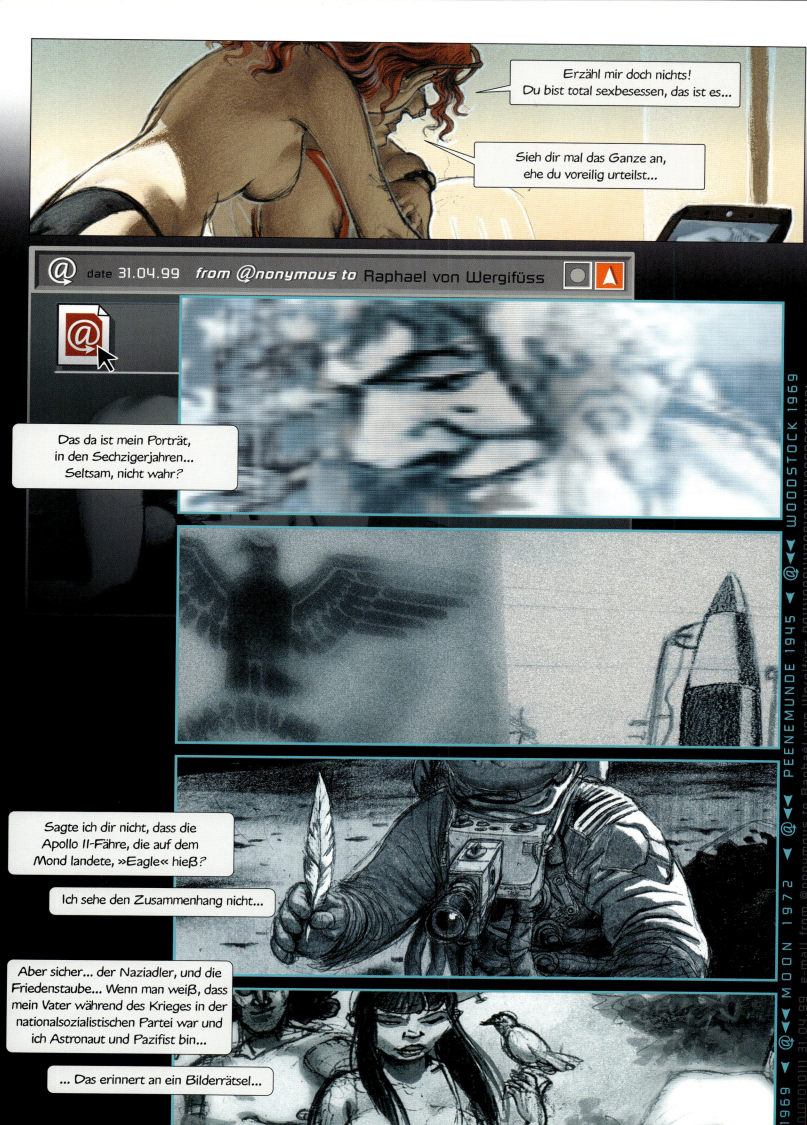

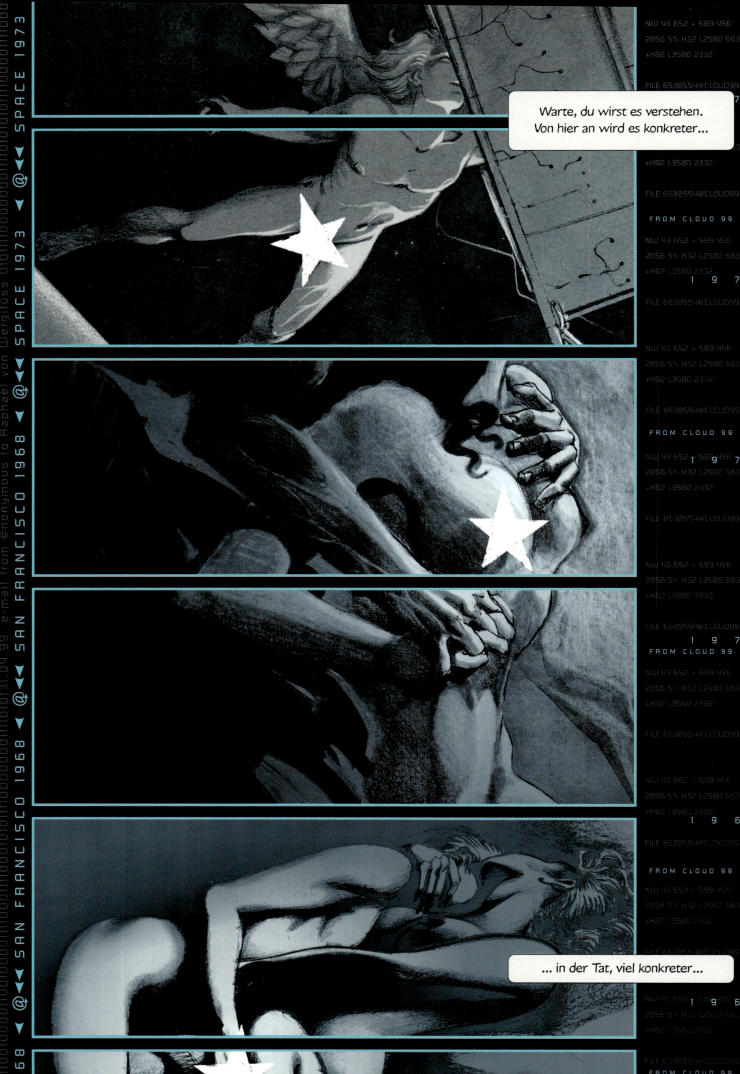

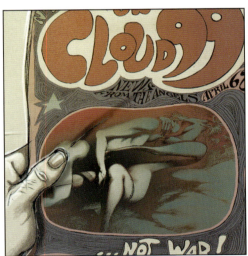

Jetzt weiß ich, warum du niemals ein Kind haben wirst, Raphael... Weil du wie alle Astronauten die Sterne vorziehst... Du lebst in der Vergangenheit, genau wie sie...

Michael starb in Vietnam, Gabriel hat sich in die schicken Londoner Kliniken verzogen und Nathan beendet seine Karriere auf Hawaii. Was Frank Stern angeht, so weiß niemand, wo er sich befindet... DIE ERZENGEL SIND DAHINGESCHIEDEN, Raphael!

Wer weiß, Shirley... Das Gedächtnis selbst beinhaltet doch ein Weiterleben, oder? Und anscheinend erinnert sich ein gewisser @nonymous an die Erzengel...

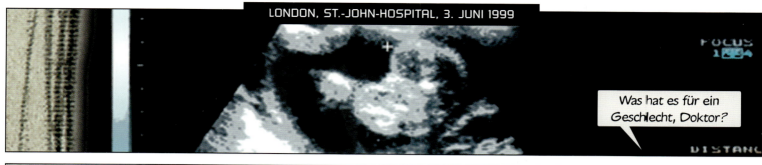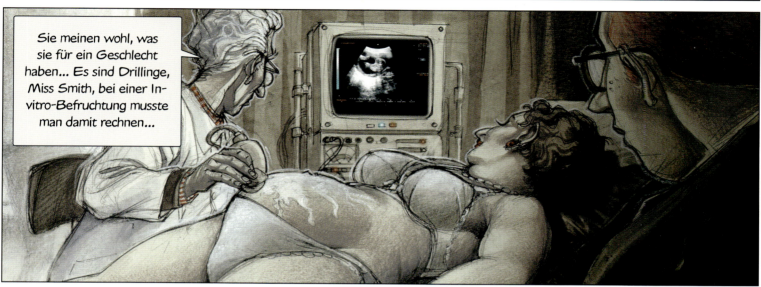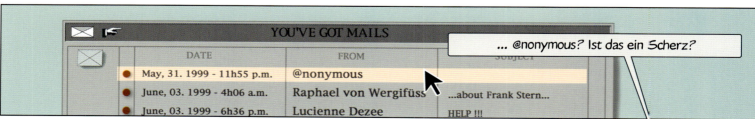

@ date 31.05.99 *from* @nonymous *to* Gabriel Davies

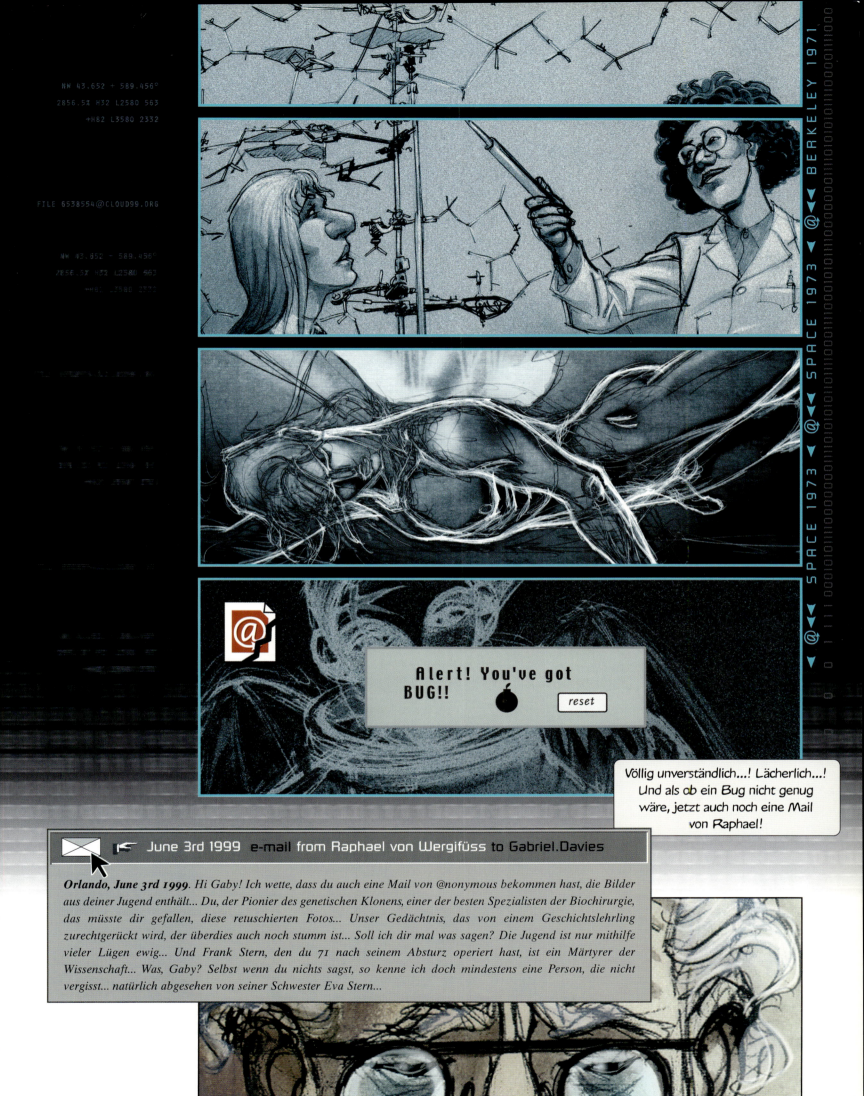

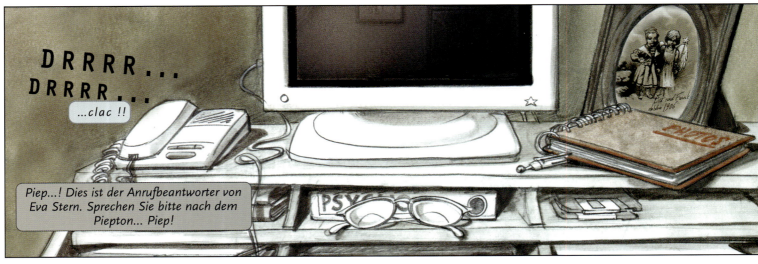

BRÜSSEL, 1. JULI 1999, ST.-MICHAEL-KRANKENHAUS

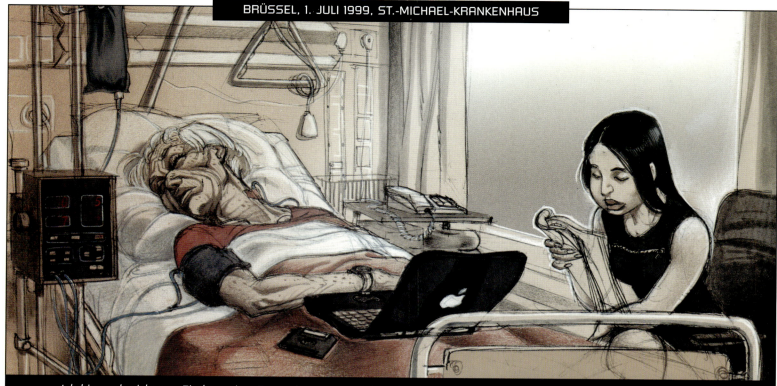

Ich bin noch nicht tot. Ein bösartiger Tumor in meinem Gehirn fesselt mich seit Monaten ans Bett und zwingt mich zur Stille. Vor allem die Nächte sind voller Schmerzen, aber ich beklage mich nicht. 99 Jahre, das ist ein langes Leben. Seitdem ich auf der Intensivstation liege, vergeht kein Tag, an dem Lucienne mich nicht besuchen kommt. Aus unerklärlichen Gründen klammert sie sich an eine 99-jährige Greisin wie mich. Ich weiß nicht, ob sie jemals diese Geschichte über die Psychoanalyse zu Ende bringen wird, und auch nicht, ob ich ihr noch viel dabei helfen kann...

In der Zwischenzeit bringt mir die Kleine täglich die Post. Briefpost und elektronische Post. Diesen Dienstag erhalte ich wieder eine E-Mail von @nonymous...

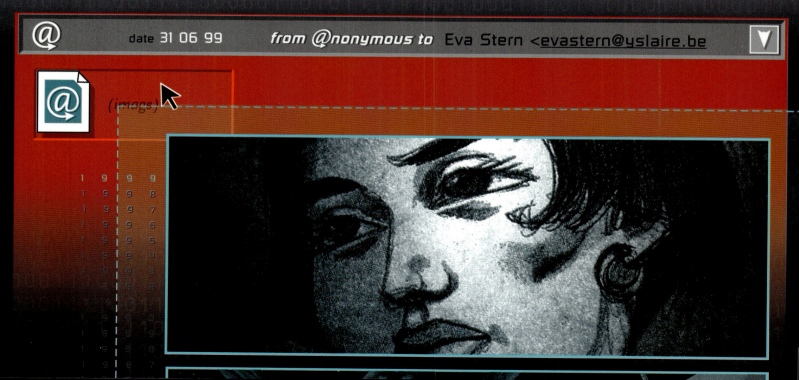

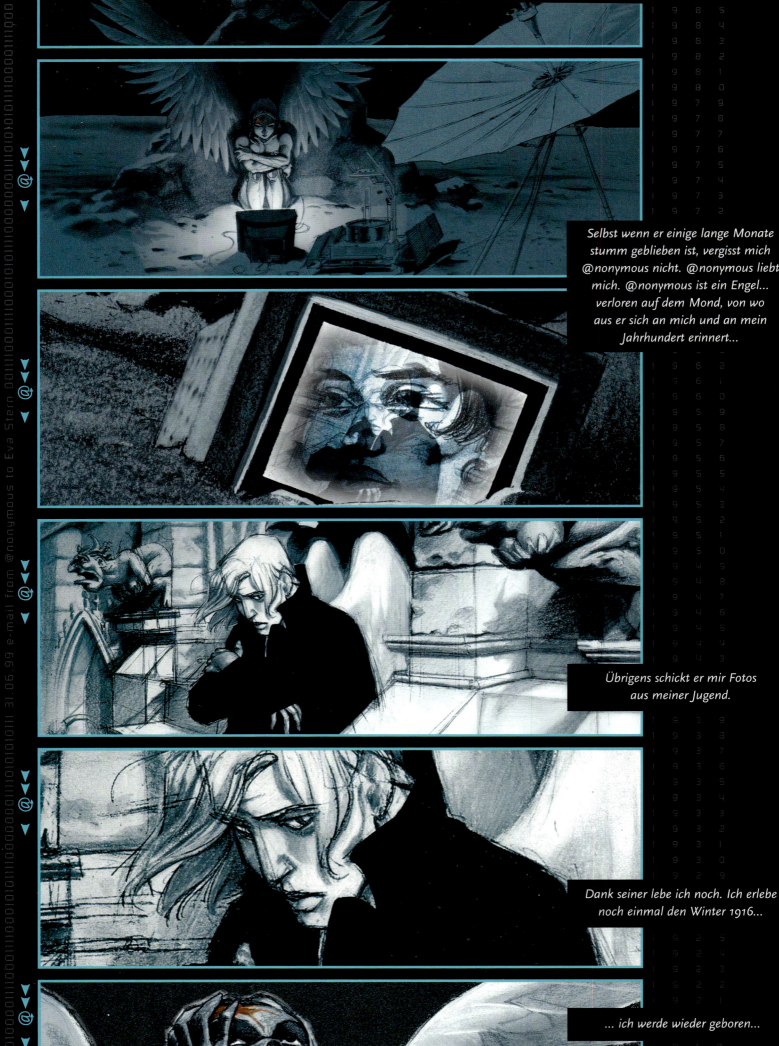

1916 @ ►► START MOVIE ►►

@ ►► WIEN, 22 OKT. 1916 ►►

Klick. Film starten... Ich erlebe den 22. Oktober 1916 noch einmal. Es herrschen eisige Temperaturen. Ganz Wien drängt sich vor den Gittern Schönbrunns. Der Vater der Nation, Kaiser Franz-Josef, ist an einer Lungenentzündung gestorben. Am selben Tag wird der Kriegsgefallene Frank Stern auf dem Kahlenberg-Friedhof beerdigt – dort sind weniger Menschen anwesend. Meine Mutter, die Hausmeisterin und ihr Sohn, ein Kamerad aus den Schützengräben und ich selbst. Alle beklagen den nicht enden wollenden Krieg. Mama weint, weil er ihren »kleinen Engel« dahingerafft hat...

Ich kann sie nicht trösten. Ich weiß, dass an dem beerdigten Körper ein zerfetzter Kopf sitzt, der aus ihm einen unbekannten Soldaten macht. Aber meine Zweifel, was seine Identität anbetrifft, behalte ich für mich. Ebenso wie meine Hoffnung, dass er in die Schweiz desertiert sein könnte...

... Und der greise Kerl, der mich von weitem beobachtet, verstärkt noch mein ungutes Gefühl...

Am Ausgang des Friedhofs hält er mir die zweite Nummer dieser verbotenen Zeitung entgegen. Ich beschimpfe ihn wegen seines unpassenden und rüpelhaften Benehmens... Er wirft mir einen scheelen Blick zu und verschwindet. Zum Glück hat Mama nichts gesehen...

... In den folgenden Wochen verstecke ich die Zeitung vor ihr, und ebenso deren Inhalt. Frank, der in die Schweiz desertiert, Frank in den Armen einer Französin, Frank in Zürich in Begleitung eines gewissen Vladimir Uianov und den ersten Bolschewiken... Mit einem Wort und hundert Fotos, ihr geliebter Sohn, lebendig, verrät sie, ebenso wie er sein Vaterland verrät. Das ist zu viel für sie, die Wahrheit wäre zu schmerzhaft... Ich bin ewig, so lautet der Titel der Zeitung, aber wer ist das schon im Jahre 1916?

Am 30. Dezember will Mama nicht aufwachen...

Hat sie mein Zimmer durchwühlt? Habe ich es nicht gut genug versteckt...? Ich finde sie morgens, ihr Kopf liegt unter den Seiten der Zeitung. Sie starb mit der zerknitterten Zeitung auf ihrer Brust liegend. Und sie lächelte... Das erste Mal seit einer Ewigkeit.

Vier Tage später ist meine Entscheidung getroffen. Zurück auf dem Zentralfriedhof, schlendere ich wie zufällig in Richtung Judenplatz. Die meisten der aus dem öffentlichen Leben verdrängten Kriegsversehrten halten sich auf demselben Trottoir auf wie die jüdischen Schneider. Schnell finde ich das Veteranenheim des Viertels.

Am Eingang frage ich einen jungen Soldaten, ob er den »XX. Himmel« kennt. Er antwortet mir, indem er mich nach Uhrzeit, Datum und nach seinem Namen fragt. Er wiederholt die Frage mit verzerrtem Mund. Offensichtlich hat der Wahnsinn des Kriegs sein Gehirn befallen.

Ich betrete den Laden eines nun an der Front kämpfenden Vogelhändlers. Alle Käfige sind leer. Trotz des Lärms von der Straße höre ich das Krächzen eines Raben...

Der Einarmige scheint nicht überrascht, mich zu sehen. Oder aber er ist betrunken. Ich wiederhole meine Frage. Er mustert mich von oben bis unten. Ich fühle mich unwohl.

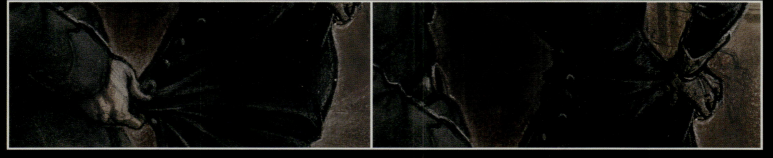

Seine Hand nähert sich meinem Rocksaum und versucht höher zu wandern. Ich wehre mich nach Kräften. »Was willst du?«, grunzt er.

Ich erzähle ihm vom »XX. Himmel«, dass ich dessen Verleger suche und seine elende Situation verstehe, dass ich ihn bitte, mir zu helfen nach Österreich zu kommen, um meinen Bruder zu finden... Ich erröte, stottere und bleibe stehen, so gelähmt wie sein Arm... »Alle kommen sie her um Hilfe«... murmelt er.

Endlich lässt er meinen Rock los. Ich höre Geräusche und begreife nun, warum die Käfige leer sind... Und ich sehe, wie sie sich drängeln, mich mit den Augen verschlingen. »Sei unbesorgt, sie sind nicht gefährlich«... sagt er, und macht ihnen Platz. Sie glaubten, ihr Leben für das Vaterland zu geben – und verloren dabei nur ihren Kopf. Sie kennen nicht einmal mehr den Namen ihrer Mutter...

Das ist mehr, als ich ertragen kann. Ich will ihnen helfen, also rufe ich ihnen in Erinnerung, woher sie kommen...

An diesem Tag begreife ich, was mich von meinem Bruder trennt: Meine Engel sind rein, sie entbehren aller Schuld, denn sie sind verrückt. Die verrückten Boten eines stummen Gottes. Mein Leben lang würde ich versuchen, sie zum Sprechen zu bringen...

Ich habe mich nicht getäuscht. Der Mann mit dem Raben gehört, wie viele ehemalige Soldaten, zu dem österreichischen Ableger der Bolschewikischen Internationale. Er hat sogar Frank in Isonzo getroffen. Der Geist jener Propaganda ist es, der ihn dazu bringt, unter seinem Mantel den »XX. Himmel« an eine Leserschaft von Gegnern des imperialistischen Regimes zu verteilen, die Defätisten, wie sie die offizielle Presse nannte. Nach den üblichen Sicherheitsvorkehrungen und meiner »spontanen« Spende in die Parteikasse erreiche ich mithilfe eines Schleppers unbeobachtet die Schweiz. Am 14. März 1917 komme ich in Sion an. Werner Ysler nimmt mich in Empfang. Im Hotel de la Poste habe ich mit Fabienne Rouge-Dyeu ein Treffen ausgemacht. Sie soll mich zu Frank bringen.

Sie empfängt mich zuvorkommend. Ebenso verhält es sich mit Werner Ysler. Beide sind freundlich und höflich. Als ich sie frage, wo Frank ist, werfen sie sich einen verstohlenen, komplizenhaften Blick zu. »In Zürich«, antwortet sie. »Haben Sie die Nachricht nicht gesehen?«

Stolz hält sie mir eine Ausgabe der Times entgegen. Der Zar hat abgedankt. Die Revolution ist im Gange. Feierlich eröffnet sie mir die Pläne des in die Schweiz geflüchteten Bolschewikenführers, nach Russland zurückzukehren (mit Unterstützung des deutschen Generalstabs)... wo er, wie sie sagt, eine neue Ära einläuten soll (dem Krieg an der Ostfront ein Ende machen, so der germanische Wille)... Frank soll ihn als Fotograf begleiten. Sie selbst wird später zu ihnen stoßen, mit dem zweiten Zug der Revolutionäre.

»Ich verstehe, dass Sie enttäuscht sind, aber denken Sie daran, dass dies ein Ereignis von internationaler Tragweite ist, eine außerordentliche Gelegenheit. Wir werden die Welt verändern können!«, begeistert sie sich. »Deshalb ist es unabdingbar, dass Frank Lenin nach Petrograd folgt. Damit die Welt weiß und sieht, dass der »XX. Himmel« wirklich existiert und im heutigen Russland geboren wird!«

Sie erzählt mir noch von ihren enthusiastischen Treffen mit dem Bolschewikenführer und Franks Begeisterung von der Idee einer gerechteren Gesellschaft, die ein neues Menschenbild entwirft...

Der junge Österreicher glaubt an die Verbesserung des menschlichen Wesens, an die Möglichkeit einer geistigen Erhöhung, die »mit der Geschichte einhergeht«. Und um seine Worte zu unterstreichen, hebt er die Arme gen Himmel. Als wollte er wegfliegen...

Lenin ist da bodenständiger, er misstraut den Engeln ebenso wie dem »XX. Himmel«. Nur der Erfolg der Zeitung und die hitzige Revolutionsstimmung, die sie hervorruft, erwecken seine Zustimmung. Er hebt immer nur einen einzigen Arm – um seine Kameraden zu grüßen oder die Menge zum Schweigen zu bringen. Wie um unseren Stern zu pflücken, witzelt er. Wenn es sein muss mit einer Sichel in der Hand. Allein vom Zuhören weiß ich, dass dieser Stern mit blutbesudelten Händen gepflückt werden wird...
Bevor andere den Arm erheben und versuchen, alle Sterne zu vernichten...

Und sie lacht. Glücklich und sorglos wie eine Jugendliche vor ihrer ersten Eskapade. Sie ist erst achtzehn Jahre alt... Ich beobachte sie und schweige.

Ich weiß, dass ich nicht nach Russland fahren werde und dass ich Frank nie wieder sehen werde.

Wir tauschen noch einige Banalitäten aus, aber auch Fabienne Rouge-Dyeus aufgesetzte Fröhlichkeit kann nicht die Spannung auflockern, die sich zwischen uns einstellt. Ich habe in ihren Augen gelesen, dass sie mir irgendetwas verheimlicht...

Und ich spüre »seine« Gegenwart, ganz nah... Hinter dem Vorhang...

In meinem Zimmer angelangt, kann ich nur schwer einschlafen. Ich hatte Österreich durchquert und die Berge des Jura überwunden, um meinen Bruder lebendig wieder zu sehen. Heute ahne ich, dass uns mehr voneinander trennt als der Tod. Es ist eine Utopie...

... Ja, die junge Französin hat mich angelogen. Frank ist noch nicht in Zürich. Er hält sich versteckt. Und sie trifft ihn jede Nacht.

Die Bestätigung dafür erhalte ich beim Frühstück, zwischen der Kaffeekanne und der Morgenzeitung.

... Jemand hat mir einen anonymen Umschlag geschickt.
Mit Fotos darin, aber ohne ein Wort.

... Und seine Botschaft ist klar...

*Auf seine Art will »ER« mir vermitteln, was Fabienne
Rouge so sehr versucht, vor mir zu verbergen...
Frank liebt die Französin, und die Französin liebt Frank.
Es ist eine Bettgeschichte...*

... Anders ausgedrückt, ER ist da, äußerst lebendig, auf allen Aufnahmen...
Er beobachtet uns und fotografiert sich selbst... Mein Bruder, mein Zeuge, mein Seelenverwandter...

... Und ich, ich werde IHN nie wieder sehen...
Für mich wird ER immer unsichtbar bleiben... Es sei denn auf Fotos...

Am späteren Vormittag übermittelt mir die Rezeption eine Botschaft von Farouge, die sich für ihre abrupte Abreise entschuldigt und angesichts der aktuellen Ereignisse um mein Verständnis bittet. In der Zeitung heißt es, dass der neue österreichisch-ungarische Kaiser auf seinen Thron verzichtet. Ich frage den Hotelpagen, ob er von einer Bergkapelle weiß, deren Dach ein junger Österreicher reparieren soll. Er antwortet mir, dass ihm nur eine einfällt, die meiner Beschreibung entspricht und erklärt mir, wie ich dort hingelange.

Unterwegs sehe ich zahlreiche Fußspuren im Schnee, die in die entgegengesetzte Richtung weisen...
Der Aufbruch muss überstürzt gewesen sein. Zudem steht die Tür der Kapelle offen...

Ich trete ein und bin nicht überrascht...

... Auf der Fahne steht das Wort Freiheit. Auf Russisch. Eine letzte jugendliche Provokation (an wen adressiert?).

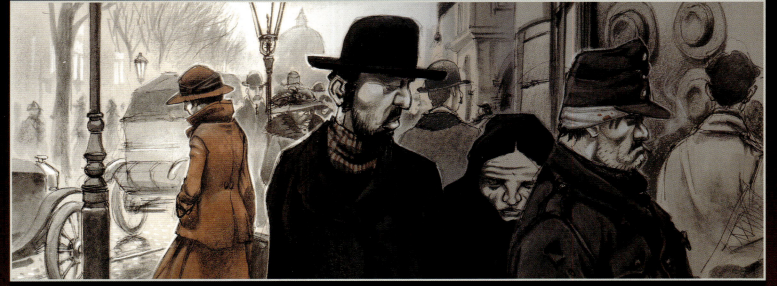

31. März 1917. Klick. Rückkehr nach Wien. In der Luft schwebt eine erdrückende Stimmung.
Der neunte Angriff auf Isonzo endete mit einer bitteren Niederlage für beide Armeen. Ebenso wie die vorhergehenden...

Ich folge wieder meinen alten Gewohnheiten, meiner Arbeit als Krankenschwester, den Sitzungen bei Freud.
Meine Gedanken sind woanders...

... In der Schweiz, in einer Kapelle nahe Sion...

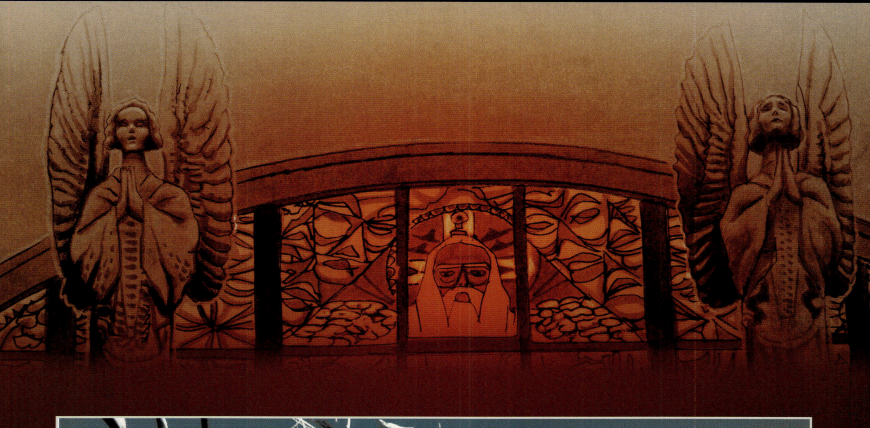

April 1917. Auf Empfehlung Freuds beginne ich ein Psychiatriepraktikum im Steinhof. Zu dieser Zeit sind die Geisteskranken, Neurotiker und Kriegstraumatisierten aus Platzmangel in einem Gebäude untergebracht. Bei meiner Ankunft komme ich nicht umhin, die Blicke der von Otto Wagner geformten Engel zu kreuzen: Ihr Mitgefühl scheint unendlich zu sein...

Die Monate vergehen. Ich verfolge die aktuellen Ereignisse in der internationalen Presse.
Anhand der Fotos kann ich die Abenteuer meines Bruders verfolgen. Sein Aufbruch in dem gepanzerten Zug
aus Zürich im März 1917, seine Ankunft in Moskau, seine Beziehung mit Farouge...

Zu dieser Zeit steht Frank im Schatten des bolschewikischen Anführers... Und der »XX. Himmel«, der im November 1917 erscheint,
verschweigt weder seine Aufopferung noch seine Blindheit gegenüber der Sache. Er dient der Propaganda der Partei.

Doch das kommunistische Idyll ist nicht von Dauer. Lenin zeigt wenig Verständnis für die geistreichen Anspielungen des »XX. Himmel«. Seine Revolution ist bodenständig und die kann sich nicht mit Zweideutigkeiten belasten, hinter denen man »elitäres Kleinbürgertum« und »Konterrevolutionäre« vermutet. Franks Reportage über den Sturm der Roten Garde auf den Winterpalast und die Plünderungen orthodoxer Kirchen bringt den Fotografen in Ungnade und führt zum Verbot der Zeitung.

Ende 1918 kann man im offiziellen Parteiorgan lesen, dass Genosse Frank Stern zum Propagandachef in den Karpaten ernannt wurde. In dieser Funktion unterstützt er den amerikanischen Journalisten John Reed, der das schneebedeckte Land an Bord des legendären Propagandazugs durchquert. Der Artikel erscheint zwischen den Todesanzeigen und denen überfahrener Hunde.

Das letzte Foto des Paares in Russland zeigt es auf dem Bahnsteig vor der Abfahrt in die Karpaten an Bord des Roten Sterns. Farouge bleibt zurück. Frank reist allein und schaut nach wie vor in den Himmel. Die Utopie entzweit sie.

Ende 1920 erlebt der »XX. Himmel« seine erste finstere Zeit.

31. November 1927. Der Herbst ist mild. Gegen Abend ruhe ich mich in der Hauptpromenade des Wintergartens aus.

Um 3:31 Uhr höre ich das Krächzen eines Raben. Ich erkenne den Vogel wieder.

Er bringt mir nicht die letzte Ausgabe des »XX. Himmels«, sondern die »Pravda«.

Die erste Seite feiert den Genossen Stalin und den zehnten Jahrestag der Oktoberrevolution. Die Zeitung veröffentlicht noch einmal die unsterbliche Aufnahme des ersten Kommunistenführers, der von seiner Tribüne hinab zur moskowitischen Menge spricht. Unsterblich, bis auf einige Details...

... Kamenev, Trotzki und Farouge sind vom Podium verschwunden. Und Frank ebenso. Das Foto ist retuschiert und erfindet die Geschichte neu. Die ersten Kommunisten wurden allesamt aus der Partei ausgeschlossen, alle wurden zensiert. Frank wird zensiert.

Eine grausame Ironie: in der Rubrik Jahrestage erfahre ich von offizieller Stelle und mit einer Verspätung von fast neun Jahren, dass der Propagandazug »Roter Stern« bei einem konterrevolutionären Angriff der Weißen Armee in den Karpaten explodiert ist. Ein tapferer Genosse, Fotograf und Freund Lenins von der ersten Stunde an, starb einen heldenhaften Tod, gemeinsam mit all den anderen mutigen Genossen. Kein einziger Überlebender. Von diesem Tag an wird Frank für mich wie der Engel auf seinen Fotografien: Selbst wenn ich ihn nie sehe, ist er immer gegenwärtig...

Klick. London, 31. September 1932. Die Jahre sind vergangen, ich reise viel.
Anlässlich einer Luftfahrtausstellung treffe ich Fabienne Rouge-Dyeu, die dort auftritt.

John, meinen Begleiter, begeistert die Begegnung mit diesem Star. Ich biete an, sie einander vorzustellen.

Trotz der langen Jahre scheint sie mich wieder zu erkennen. Sie ist immer noch so unbeschwert wie damals.
Ich beglückwünsche sie zu ihren Leistungen.

An ihrer Seite beobachtet mich ein junger Bursche. Offensichtlich ihr Sohn.

Zwanzig Jahre lang verfolge ich noch die Entwicklung der glänzenden Karriere dieser Pilotin anhand der Schlagzeilen der Zeitungen...
Von Zeit zu Zeit stolpere ich über ein Foto, das mich verstört...

... Doch jedesmal rufe ich mir unser letztes Treffen in London ins Gedächtnis zurück, und ich sage mir, dass die Fotos lügen...
In jenem Moment hatte ich sofort gesehen, dass Fabienne gealtert war...

BRÜSSEL, 1. AUGUST 1999, ST.-MICHEL-KRANKENHAUS

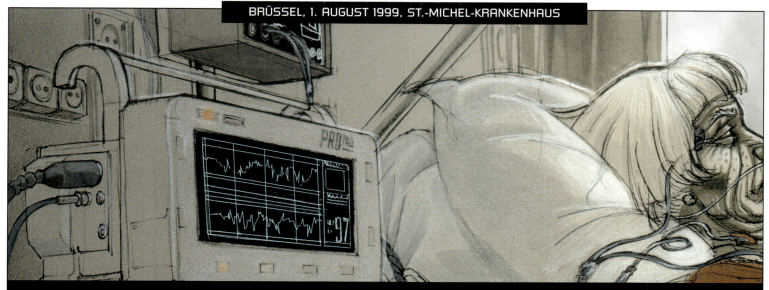

Eine weitere Nacht voller Schmerzen. Aber als ich aufwache, ist Lucienne da... Mit einer Nachricht von @nonymous und einem Geschenk...

Sie hat in einem Antiquariat eine der seltenen Ausgaben des »XX. Himmels« gefunden, von der ich gewünscht hätte, sie wäre niemals veröffentlicht worden. Sie stammt vom November 1942. Zu jener Zeit wurde er von Widerstandskämpfern unter der Hand vertrieben. Damit alle Welt die Wahrheit erfahre... Ihre Freude und ihr Stolz sind so groß, dass ich mit keinem Wort meine Schlaflosigkeit erwähne...

... Auch nicht meine Emotionen. Sie hat den Aufstieg der Nazis in den dreißiger Jahren nicht mitbekommen. Sie weiß es nicht...

Luciennes Kopf ist voller Theorien über diese Epoche. Ich selbst erinnere mich nur an eine Anekdote... »Sie heißen Stern und geben an, keinen Stern zu tragen?«, fragte mich der Beamte in Paris im Jahre 43... Er war Wiener wie ich, und ich nehme an, er fand es witzig. Die Fortsetzung ist schwarz und nebelumhüllt...

... Aber wer kann diese Reportage über Auschwitz im Jahre 43 gemacht haben...? Ich meine... Sie... waren Sie dort?

date 31.07.99   from @nonymous to Eva Stern <evastern@yslaire.be>

(image)

@nonymous hat auf alles eine Antwort. Es scheint, als würde er in meinem Gehirn lesen und dessen Fragen erwidern... Auf seine Weise, per E-Mail... Heute schickt er mir einige von Frank aufgenommene Fotos, die aus jener dunklen Epoche stammen...

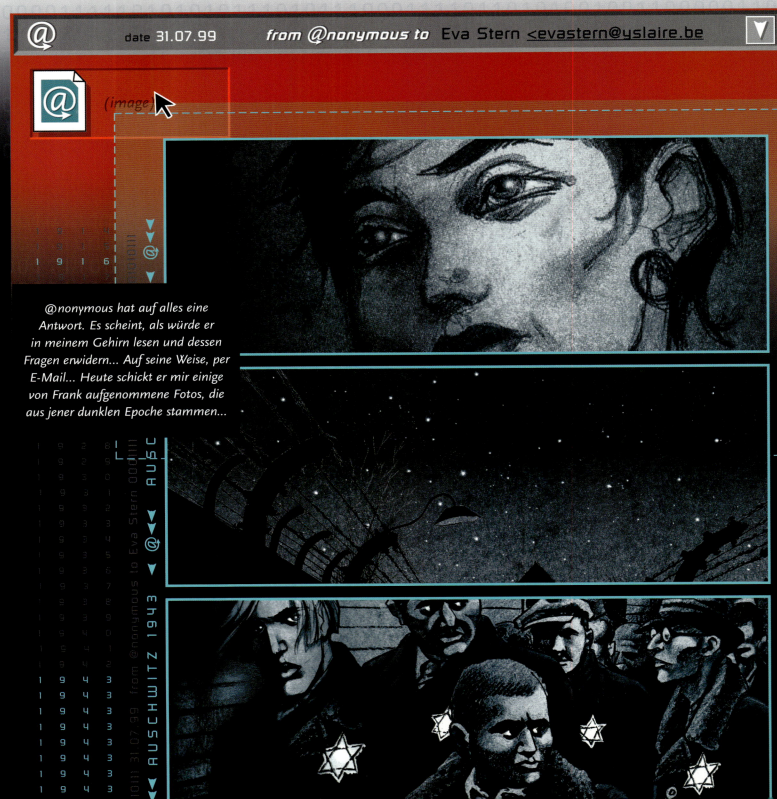

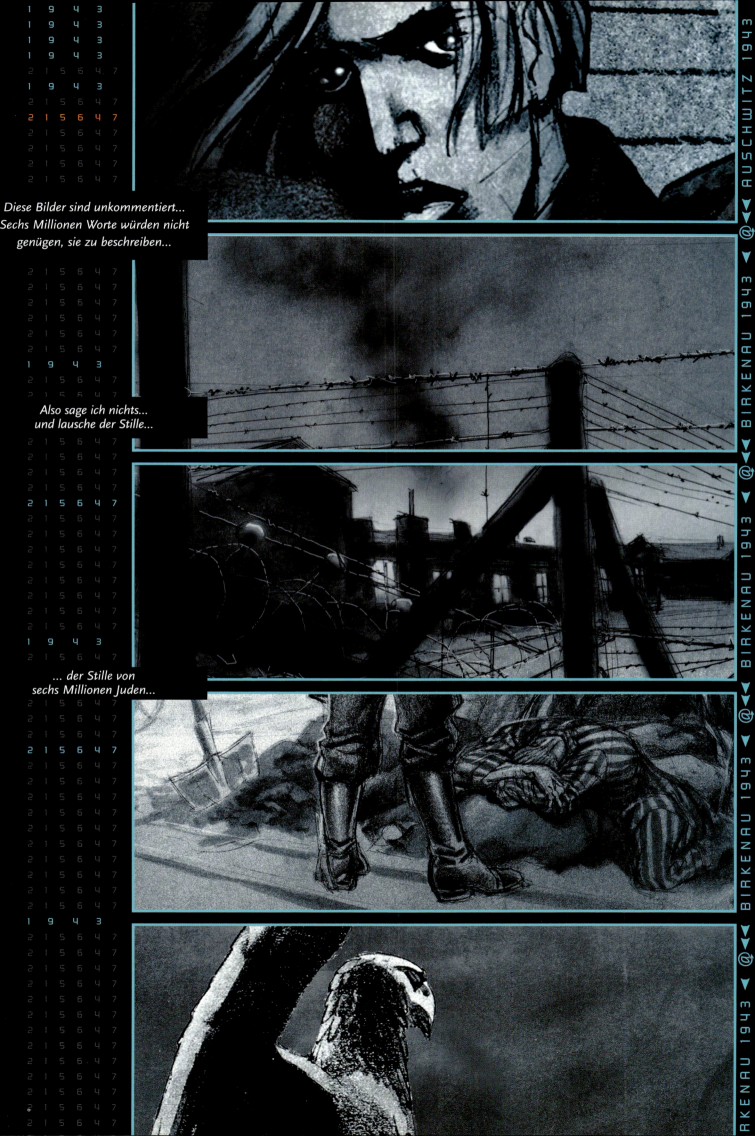

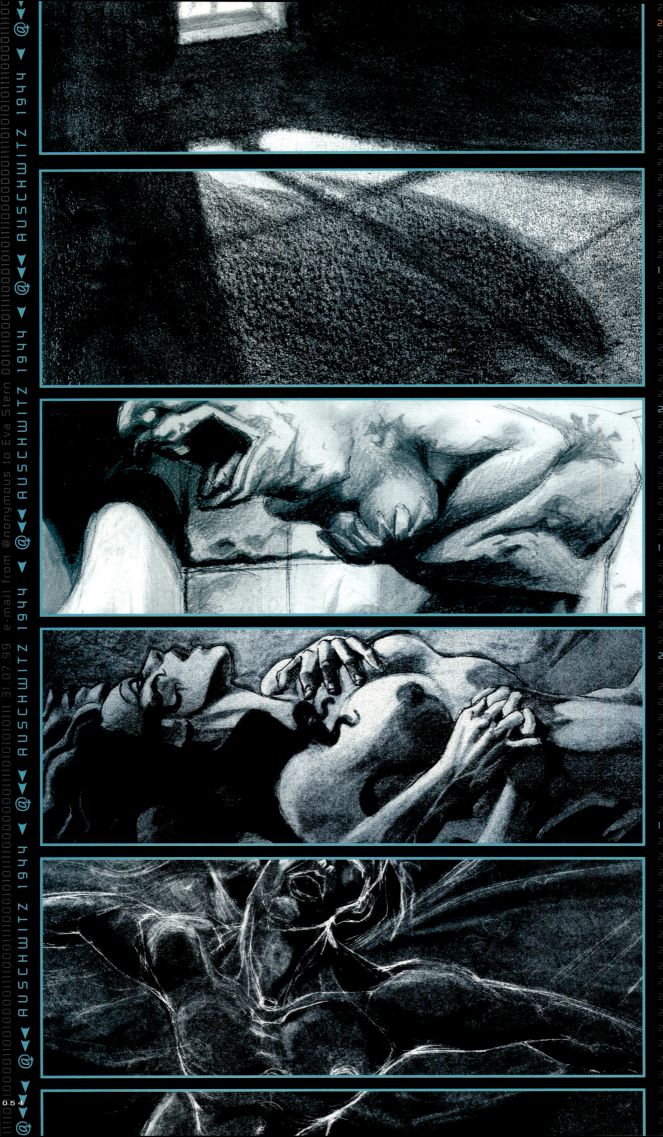

▼▼ AUSCHWITZ 1944 ▼▼ @ VARSOVIE 1944 ▼▼ VARSOVIE 1944 ▼▼ @nonymous to Eva Stern 11001100110011 31.07.99 e-mail from @nonymous to Eva Stern 11001100 ▼▼ VARSOVIE 1944 ▼▼ @ VARSOVIE 1944 ▼▼

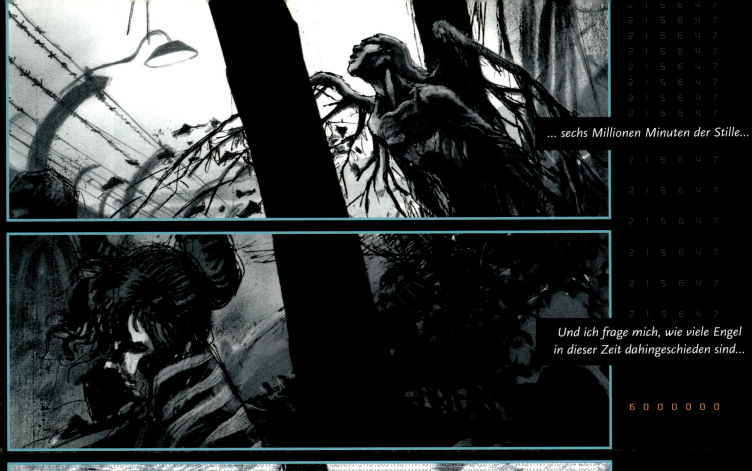

... sechs Millionen Minuten der Stille...

Und ich frage mich, wie viele Engel in dieser Zeit dahingeschieden sind...

6 0 0 0 0 0

... Sie waren dort, nicht wahr?

... Verzeihen Sie... Ich... hätte daran denken sollen... Es ist offensichtlich, Sie heißen Stern...

... Ja, Stern, wie der Judenstern, ich weiß! Es war mein Schicksal, meinst du das damit?

Wenn du willst, dass ich dir verzeihe, wirst du mir wohl eine Zigarette besorgen müssen...

Und Gabriel, hat er dir auch gesagt, dass ich einige Male in einer psychiatrischen Klinik war?

Nein, nein... das heißt... Er hat es angedeutet...

... Dass er mich schon immer für eine Mythomanin hielt, nicht wahr?

Geh jetzt. Die verrückte Alte hat keine Geschichten mehr zu erzählen.

Arme Lucienne, ich werde ihr bei der Beendigung ihrer Dissertation nicht helfen. Dies waren wohl die letzten Worte, die ich zu ihr sprach. Die nächsten Monate besucht sie mich noch zwei- oder dreimal. Aber ich bleibe stumm, und @nonymous geht dahin...

BRÜSSEL, 31. DEZEMBER 1999

Anscheinend kommt es nur alle sechshundert Jahre vor...

... dass der Mond die Sonne verdeckt. Ich erinnere mich, es war der 13. August 1999. Millionen von Menschen in der ganzen Welt sahen einige Sekunden lang gen Himmel, ins All. Es kommt nur selten vor, dass Millionen von Menschen gemeinsam zur gleichen Zeit den Himmel betrachten... auf andächtige Art (aber immerhin mit schwarzen Brillen, um vom übernatürlichen Geschehen nicht geblendet zu werden...)

So besteht also die Kunst, Wesen zu vereinigen, in dem Vermögen, zu verschwinden...

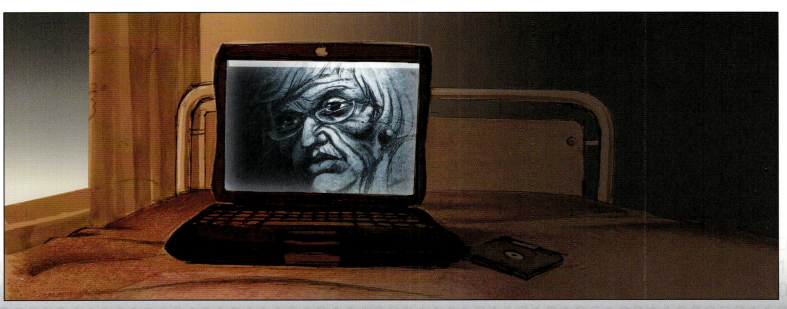

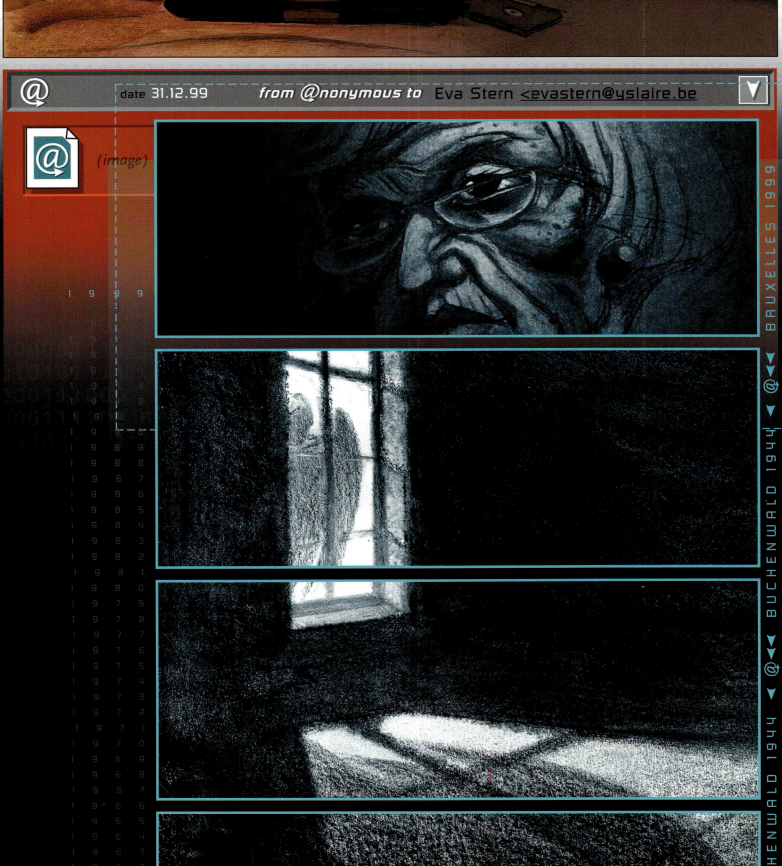

date 31.12.99 from @nonymous to Eva Stern <evastern@yslaire.be>

(image)

Alert! You've got a BUG!! reset

Alert! You've got a BUG!! reset

reset

reset

Bildnachweis:

«Camps de la mort, Auschwitz, Pologne», Raymond Deparcon, Magnum Photos.
«Foetus», Lennart Nilson, Life Magazine, DR.

Psychoanalytische Beratung: Laurence Erlich

Editorische Beratung: Sébastien Gnaedig

Graphisches Konzept: Yslaire und D. Gonord

Komplizenschaft: Eric Verhoest

CARLSEN COMICS

1 2 3 4   05 04 03 02
© Carlsen Verlag GmbH · Hamburg 2002
Aus dem Französischen von Tanja Krämling
XXe CIEL.COM/MEMOIRES 99
Copyright © 2001 Les Humanoïdes Associés
Textbearbeitung: Marcel Le Comte
Redaktion: Dirk Rehm
Herstellung: Stefan Haupt und Ejörn Liebchen
Druck und buchbinderische Verarbeitung:
Norma Serveis Gràfics (Barcelona/Spanien)
Alle deutschen Rechte vorbehalten
ISBN 3-551-74102-6
Printed in Spain

www.carlsencomics.de